EXTRAIT

Des Registres de Délibérations des District & Commune de St.-Nicolas-du-Chardonnet.

Du 7 Septembre 1789.

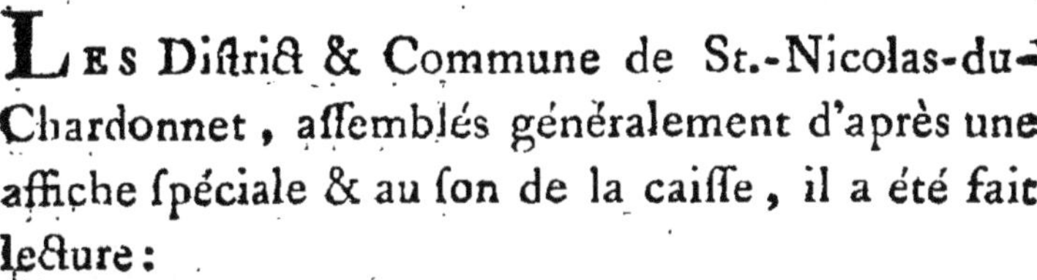

Les District & Commune de St.-Nicolas-du-Chardonnet, assemblés généralement d'après une affiche spéciale & au son de la caisse, il a été fait lecture :

1°. D'une Lettre de M. le Maire, en date du 30 du mois d'Août, envoyée circulairement à tous les Districts, par laquelle il les engage à hâter la formation d'un Corps Municipal provisoire, nécessaire dans les circonstances actuelles ;

2°. D'un Arrêté de l'Assemblée des Représentans de la Commune, en date du même jour, tendánt au même but, quoiqu'offrant des moyens un peu différens ;

3°. De diverses Délibérations de plusieurs Districts, relativement à la Lettre & à l'Arrêté ci-dessus.

Ensuite, M. *Mulot*, Président de l'Assemblée, l'un des Commissaires nommés pour l'examen du

Plan provisoire du Municipalité, a fait, ainsi qu'il suit, le Rapport du travail desdits Commissaires.

RAPPORT

Du travail des Commissaires nommés pour l'examen du Plan provisoire de Municipalité.

L'Assemblée générale des District & Commune de St.-Nicolas-du-Chardonnet ayant nommé par la Délibération du 24 Août, seize Commissaires pour l'examen du projet d'un Plan provisoire de Municipalité, proposé par la Ville. Les Commissaires nommés se sont occupés, de la manière la plus sérieuse, de cet examen ; d'abord ils ont cru devoir poser des bases certaines, auxquelles ils appliquassent ensuite les principes du plan provisoire. Les bases à poser ont été reconnues devoir être en général celles-ci :

1°. Le pouvoir Municipal réside avec plénitude & sans partage dans la Commune assemblée, collectivement ou par Districts.

2°. L'exercice du pouvoir, communiqué au Corps représentant, se divise en trois branches, essentiellement distinctes & séparées.

La puissance qui fait les Loix,

Celle qui les exécute,

Celle qui maintient les formes, & qui exerce

une surveillance continuelle sur les Dépositaires & les Agens.

3°. Ce n'est que de la sage combinaison des pouvoirs, d'une juste distribution de travaux que peuvent naître l'ordre & la liberté : la réunion des pouvoirs produisant infailliblement le Despotisme & la servitude.

4°. Toujours l'inégalité du partage dans la représentation conduit à l'Aristocratie.

5°. Le défaut d'un Tribunal de responsabilité mène toujours à la tyrannie.

6°. Les attributions & les travaux cumulés sur la tête des Chefs sont la source du Despotisme, le plus insupportable de tous, le Despotisme des Subalternes & de la Bureau-cratie.

7°. La réunion des pouvoirs dans la même main engendre l'oppression & renverse la liberté civile & politique.

De ces principes il a paru que l'on devoit conclure que le régime de la liberté doit, même dans un état provisoire, se reconnoître à ces quatre caractères dont rien ne peut dispenser.

1°. L'égalité de représentation ;

2°. La division des pouvoirs ;

3°. Une sage économie dans la distribution des travaux ;

4°. Un Tribunal de responsabilité toujours subsistant.

Ces principes posés, ces caractères admis, les Commissaires en ont rapproché le projet de plan de Municipalité.

Par ce rapprochement il a paru que, malgré les soins des Redacteurs du Plan provisoire, malgré leur intelligence, & la droiture de leurs vues, leur travail ne reposoit pas sur ces bases reconnues pour être les seules solides.

D'abord, quant à l'égalité de représentation, on ne voit rien qui la rappelle, ni dans la formation de l'Assemblée générale, ni dans celle du Conseil & du Bureau de la Ville.

La puissance législative & la puissance exécutive n'y sont jamais distinctes & séparées.

On voit le Bureau de la Ville & le Conseil former deux Corps, qui rentrent tellement l'un dans l'autre que du moindre dépend l'activité du plus grand.

Nulles fonctions n'y paroissent incompatibles.

Les mêmes font la Loi dans l'Assemblée des Représentans, l'exécutent dans le Conseil de Ville, l'interprêtent dans le Bureau, l'appliquent aux cas particuliers dans le Tribunal contentieux. Tour-a-tour, sous des formes différentes, ils sont là

Légiſlateurs, ici Adminiſtrateurs ou Juges, & ſouvent tout-à-la-fois Officiers Civils & Militaires.

Les Départemens ne ſont pas organiſés dans ce Plan. Les Aſſeſſeurs ſont égaux au Chef par leur dignité de Repréſentans. Le privilége d'avoir ſeuls la déciſion & la ſignature attribué aux Préſidens, les place ſi fort au deſſus de leurs Pairs, & leur donne une telle ſupériorité d'influence, que l'on nè voit plus dans les Aſſeſſeurs que des Subordonnés qui peuvent être complaiſans, ou des Collègues qui peuvent embarraſſer, retarder & contrarier la marche de l'Adminiſtration.

Contre l'acception même de ſon nom, le *Conſeil* de la Ville ne s'aſſemble jamais, ne délibère point en Commun, ne réunit jamais ſes Membres.

Les Départemens ſont iſolés & indépendans; nulle correſpondance, nulle réciprocité de rapport entre eux. Ce ſont huit Miniſtères différens. Chaque Département eſt maître dans ſa Diviſion & chaque Préſident eſt maître dans ſon Département.

L'abus eſt toujours ſi près de l'autorité, l'oppreſſion ſi près du pouvoir, la domination ſi près du commandement, que pour rétablir l'égalité entre celui qui obéit & celui qui commande il faut des Tribunaux de reſponſabilité, auxquels le recours contre l'oppreſſion & la violation des Loix ſoit facile & toujours ouvert aux

Citoyens. Or, dans le Plan de Municipalité l'on n'apperçoit ni cette ressource contre l'abus du pouvoir, ni même de Tribunal de compatibilité autre que celui de l'Assemblée générale, qui, ne devant exercer qu'une surveillance universelle, est nul & insuffisant pour les cas particuliers.

Cette cumulation de pouvoirs, de forces incompatibles se reconnoît sur-tout dans le Bureau de la Ville.

Il a l'autorité interprétative des Loix, il surveille les opérations des Départemens, exerce la législation provisoire, a le droit exclusif de convoquer les Communes, le droit de déclarer que la chose publique est en péril & de donner des décisions promptes dans les cas imminens & a la dispensation de la force Militaire, la formation des Départemens, la nomination de toutes les places qui en dépendent.

Pour y être admis il faut être ou Chef ou Officier de la Municipalité : tout autre Représentant de la Commune est exclu ; ce Bureau est conséquemment formé de ceux qui jouissent de toute la considération comme Chefs de la Municipalité : de toute l'autorité comme Chefs de l'Administration ; de la puissance des moyens comme Chefs de la force Militaire ; de l'ascendant du crédit comme Dispensateurs des graces & de toutes les places.

On reſtreint à vingt-un le nombre de ſes Membres & toutes les Délibérations, toutes les réſolutions peuvent être valablement priſes par neuf Délibérans. Le Chef de la Municipalité peut convoquer à ſa volonté; il a le pouvoir partitif: lui & le Commandant-Général réuni avec quatre autres Membres du Bureau; par exemple, avec un Echevin, le Procureur-Général & ſes Subſtituts peuvent rendre & faire exécuter les Ordonnances les plus importantes, mettre en activité dans un moment critique tous les pouvoirs & diſpoſer de toutes les forces de la Commune.

Cette application du Plan proviſoire aux principes a donc démontré deux choſes; la première, qu'il ne pouvoit être aucunément admis tel qu'il eſt préſenté, puiſqu'il eſt contraire à tous les principes reconnus eſſentiels à une conſtitution Municipale. La ſeconde, qu'il étoit néceſſaire de faire un Plan d'après ces principes immuables. Les ſeize Commiſſaires, convaincus du beſoin preſſant d'une Municipalité, s'en étoient déjà occupés. M. l'Abbé *Montmignon* avoit été ſpécialement choiſi par eux pour réunir leurs idées, les combiner & en faire un tout, lorſque l'on reçut une Lettre de M. Bailly aux différens Diſtricts, & un Arrêté des Repréſentans de la Commune. Par cet Arrêté, ſur-tout, fait d'accord avec M. le Maire, il eſt demandé que les Diſtricts veuillent bien, à raiſon des circonſtances & de la proximité de l'hyver, admettre proviſoirement les Titres III, IV & V du Plan proviſoire.

Pour ſuivre les vues de l'Aſſemblée générale, au moment où elle a nommé les ſeize Commiſſaires; c'eſt-à-dire, pour éviter les Diviſions d'opinions & les Diſcuſſions toujours tumultueuſes dans les grandes Aſſemblées, les Commiſſaires, d'accord avec M. le Préſident, (nommé précédemment l'un des Commiſſaires) ont penſé qu'ils devoient, avant de communiquer cette Lettre à l'Aſſemblée, préparer un travail qui abrégeat le ſien; en conſéquence, l'examen fait des Titres III, IV & V, dont on demande l'approbation proviſoire: conſidérant que même proviſoirement l'on ne pouvoit admettre & approuver un Plan qui ſeroit contraire à tous principes d'une bonne Conſtitution Municipale, ils ont crû que l'on pouvoit arrêter que les Titres III, IV & IV ne ſeroient admis qu'avec les Changemens & les Modifications ſuivantes.

TITRE III.

De l'Assemblée générale des Représentans de la Commune.

Plan proposé par la Ville.	*Changemens & Modifications.*
ART. I.	ART. I.
L'Assemblée générale des Représentans de la Commune de Paris sera composée de trois cent Membres, y compris les soixante, formant le Conseil de Ville.	L'Assemblée générale des Représentans de la Commune de Paris sera composée de trois cent Membres.
II.	II.
L'Election des trois cent Membres sera faite par l'Assemblée générale de chaque District, à raison de cinq par District, dans la forme prescrite par l'article VIII, du titre 17 des Elections, & par le Réglement particulier ci après.	L'Election des trois cent Membres sera faite par l'Assemblée générale de chaque District, à raison de cinq par District. Chacun des cinq pour être élu aura besoin de la majorité absolue, c'est-à-dire, qu'il lui faudra un suffrage au-dessus de moitié des votans. On procédera conséquemment à un premier scrutin; alors si la majorité absolue n'est point décidée, on procédera à un troisième; mais on ne pourra choisir que par-

Plan proposé par la Ville.	*Changemens & Modifications.*
	mi les deux Concurrens qui, au second scrutin, auront eu le plus de voix. Aucun individu ne pourra être élu pour exercer la Municipalité qu'il n'ait au moins un an d'établissement à Paris s'il est François, &, s'il est étranger, à moins qu'il ne soit naturalisé François & qu'il n'ait quatre années d'établissement dans la Capitale.
III.	III.
Il sortira chaque année de l'Assemblée générale un des cinq Membres appartenans à chaque District, de telle manière que cette Assemblée soit entièrement renouvellée en cinq ans, au moins quant aux Représentans qui ne seront pas du Conseil de Ville.	Les fonctions des Députés ne pourront durer que six mois, tems auquel on limite la durée de la Municipalité provisoire, sauf à la continuer. Au bout des six mois les Députés seront tenus, pour pouvoir exercer leurs fonctions, d'avoir de nouveaux pouvoirs, & leur élection se fera par la voie du scrutin, comme il est spécifié article II.

Les Articles IV & V, supposant une durée de plus de six mois, nous n'en faisons aucune mention.

Plan proposé par la Ville.

VI.

S'il arrive qu'un Représentant change de Domicile & de District pendant qu'il sera en place, il continuera d'appartenir au District qui l'aura nommé, jusqu'à ce qu'il soit sorti de ses fonctions; son tems étant expiré, il sera incorporé au District où sera son nouveau Domicile.

VII.

Chaque Représentant appartenant à toute la Commune, aucun ne pourra être révoqué par les Assemblées de Districts, à moins qu'il ne tombe dans les cas prévus par l'article II, du titre des Elections.

Changemens & Modifications.

VI.

Si pendant l'espace des six mois un Représentant change de Domicile & de District pendant qu'il sera en place, &c.

VII.

Chaque Représentant appartenant à son District avant d'appartenir à la Commune, où il n'est que son constitué, sera révocable à la volonté du District, pour les causes spécifiées article II, du titre des Elections, & pour toute autre raison, mais par la seule Assemblée générale du District.

VIII.

L'Assemblée générale des Représentans jugera seule à son ouverture, les Discussions relatives aux pouvoirs & aux élections des Districts.

Plan proposé par la Ville. — *Changemens & Modifications.*

I X.

L'article I X est inutile, puisque nous ne donnons que six mois de durée à l'exercice provisoire du Plan de Municipalité.

X.

L'Assemblée Générale sera présidée par le Maire; elle nommera deux Vice-Présidens & deux Secrétaires, qui tiendront Registre de toutes les Délibérations.

X.

M. le Maire exerçant le pouvoir exécutif, ne peut pas présider le corps législatif de la Municipalité; en conséquence, ainsi qu'il se pratique à l'Assemblée Nationale, l'Assemblée Générale se nommera un Président, deux Vices Présidents, & deux Secrétaires.

X I.

Elle examinera le compte qui lui sera rendu par les Officiers, composant le Conseil & le Bureau de la Ville, de leur gestion pendant le semestre précédent; elle procédéra aux élections que la présente constitution lui attribue; & fera tous les Réglemens nécessaires au maintien de la présente Constitution.

X I.

L'Assemblée procédéra aux Elections, que la présente Constitution provisoire lui attribue, fera les Réglemens nécessaires au maintien de ladite Constitution provisoire à la charge de l'approbation par les Districts.

Plan proposé par la Ville.	*Changemens & Modifications.*
XII.	XII.
Cette Assemblée aura pareillement le droit de faire & de sanctionner d'après les principes établis par la présente Constitution, les changemens qui seront jugés convenables dans la répartition des fonctions du Conseil de Ville.	Elle aura le droit de faire provisoirement les changemens, qui seront jugés convénables dans la répartition des fonctions du Conseil de Ville.

XIII.

L'Assemblée générale délibèrera sur les objets qui lui seront présentés, tant par le Conseil de la Ville, que par chacun des Officiers qui le composent ; & sur les Motions proposées par chacun des Représentans, pour éviter la confusion dans les Discussions, il sera fait, à chaque Session, un ordre de travail par l'Assemblée générale.

XIV.

Elle sera particulièrement chargée de règler les honoraires, émolumens & dépenses de toutes les Places quelconques, dépendantes de la Municipalité ; elle fera la plus grande attention à ce que les travaux, de ceux qui seront appellés à ces places, soient récompensés d'une manière honorable, sans pouvoir jamais devenir un fardeau pour la Commune.

Ce Réglement, néanmoins, ne sera définitivement exécuté qu'après avoir reçu la sanction de la pluralité des Districts.

Plan proposé par la Ville.	*Changemens & Modifications.*
XV.	XV.
Nulle décision de l'Assemblée Générale ne sera valable, si, lorsqu'elle a été prise, l'Assemblée n'étoit composée de quatre-vingt Membres.	Nulle décision de l'Assemblée Générale ne sera valable, si, lorsqu'elle a été prise, l'Assemblée n'étoit composée de la moitié de ses Représentans.

XVI.

La première Assemblée des Représentans de la Commune, s'occupera de faire un Réglement général de Police pour ses délibérations & pour son intérieur.

TITRE IV.

Du Conseil de Ville.

ART. I.	ART. I.
Le Conseil de Ville sera composé du Maire, du Commandant-Général, de huit Echevins, du Procureur-Général de la Commune, de deux Substituts du Procureur-Général, de huit Présidents de Départemens, & de 39 Assesseurs, formant le nombre de 60.	Le Conseil de Ville sera composé du Maire, du Procureur Syndic, de deux Substituts du Procureur Syndic, de huit Présidens de Départemens & de 60 Conseillers de Ville, Assesseurs, ce qui formera 72; mais le Procureur Syndic & les Substituts

Plan proposé de la Ville.

II.

Ils serons tous élus au scrutin par l'Assemblée Générale, & pris dans son sein, à l'exception du Commandant Général, ainsi qu'il sera expliqué ci-après.

Changemens & Modifications.

ne pourront y avoir voix délibérative.

II.

Le Commandant-Général ne présidera qu'au Comité militaire & n'aura entrée dans l'Assemblée que quand il sera appellé. Les Membres du Conseil de Ville seront pris un de chaque District.

Les Présidens de Départemens pourront être choisis hors de l'Assemblée.

Les Articles III, IV & V ne peuvent avoir lieu dans la supposition d'un Plan provisoire, fixé à six mois.

VI.

Dans le cas de faillite, absence totale de Paris, & autres évènemens qui empêcheroient d'exécuter leurs fonctions, le Maire, le Commandant Général, le Procureur Syndic, les Présidens de Départemens seront remplacés. Le Maire, ou le premier Echevin, à son défaut, convoquera une Assemblée extraordinaire des Représentans de la Commune, pour procéder seulement à l'élection de l'Officier qui devra remplacer, & cela huit jours

Plan proposé de la Ville. | *Changemens & Modifications.*

après sa mort, sa démission, ou tel autre évènement qui aura fait vaquer la place.

VII.

Chacun des Officiers & Conseillers de Ville, Assesseurs aura Séance & voix délibérative dans l'Assemblée générale des Représentans de la Commune, excepté lors de l'examen de sa gestion.

VII.

Ni le Maire, ni les Membres du Conseil de Ville ne pourront avoir voix délibérative dans l'Assemblée-Générale, parce qu'ils sont constitués par elle, & qu'ils doivent sans cesse compte aux Constituans.

VIII.

Aucun des Membres du Conseil de Ville ne pourra être en même-tems Député à l'Assemblée Nationale. Si aucun d'eux étoit élu, il seroit tenu d'opter.

(On a cru devoir ajouter ici un neuvième article).

IX.

Le Conseil de Ville sera toujours en activité & en relation avec l'Assemblée, il statuera sur les moyens d'établir l'harmonie entre les opérations respectives des Départemens sur tous objets

Plan proposé par la Ville. | *Changemens & Modifications.*

objets d'utilité publique & d'Aministration générale, notamment la taxe du pain & de la viande, les subsistances, les approvisionnemens & surveillance générale sur l'éducation publique & les Hôpitaux.

TITRE V.

Du Bureau de Ville.

Plan proposé par la Ville.

ART. I.

Le Bureau de Ville sera composé de 21 Officiers du Conseil de Ville, désignés dans l'article premier du Titre précédent.

Changemens & Modifications.

ART. I.

Le Bureau de la Ville sera composé du Maire, de huit Echevins, de douze Assesseurs, nommés par l'Assemblée, dont deux par chaque Division. Le Procureur-Syndic & les Substituts n'y auront pas voix délibérative, ainsi que les huit Présidens qui n'y entreront que comme Rapporteurs.

II.

Il s'assemblera régulièrement une fois tous les jours, & plus souvent, s'il est nécessaire, sur la

Plan proposé par la Ville. *Changemens & Modifications.*

convocation du Maire ; ou, à son défaut, du premier Echevin.

III.

Le Bureau délibérera sur les moyens d'établir l'harmonie entre les opérations respectives des Départemens : il pourvoira dans les cas urgens, par des décisions promptes, au maintien de l'ordre ; il procédera aux présentations qui lui sont réservées par la présente constitution, & préparera les matières qui doivent être portées par le Conseil de Ville à l'Assemblée-Générale.

III.

Le Bureau de la Ville sera un Tribunal de surveillance, de responsabilité & de recours contre l'oppression. Il pourvoira dans les cas urgens par des décisions promptes au maintien de l'ordre, de la sûreté individuelle & de la liberté publique ; & il correspondra continuellement avec l'Assemblée-Générale, qui restera toujours en activité dans l'état provisoire.

IV.

Le Bureau de Ville nommera à toutes les places, dépendantes des divers Départemens, sur la présentation du Président du Département, dont la place dépendra. Cette présentation sera préalablement approuvée par le Maire.

V.

L'Assemblée du Bureau sera complette quand il sera composé de neuf Membres.

V.

L'Assemblée du Bureau ne pourra rien décider qu'il n'y ait moitié des Membres ayant voix.

V I.

Le plus jeune des Membres du Bureau tiendra Regiſtre à chacune de ſes Séances.

Il eſt à remarquer que le Plan proviſoire n'eſt examiné que ſous le point de vue de ſes rapports avec l'eſſence d'une Conſtitution Municipale, & l'on ne s'eſt point arrêté à ce qui cependant a frappé, c'eſt-à-dire aux pouvoirs dont proviſoirement on dépouille pluſieurs Jurisdictions & Cours, ſans que ces Jurisdictions & Cours ſoient, de fait, anéanties, & les Charges rembourſées. On n'a pas non plus cherché à donner un Plan parfait, mais à purger ſeulement le Plan propoſé de ce qu'il avoit de contraire aux principes conſtitutifs d'une bonne Municipalité.

Si l'on a borné à ſix mois l'examen du Plan proviſoire modifié, c'eſt que l'on eſt convaincu que d'ici à cette époque, l'Aſſemblée Nationale aura fixé les baſes générales des Municipalités du Royaume, & que le Plan, ayant été rédigé en moins de deux mois, pourra, d'après le choc des lumières qui partent de toutes parts, être refait en moins de ſix. Enfin le but eſt de forcer à ne pas ſe repoſer ſur le Plan proviſoire, & à terminer un ouvrage qui eſt de la première néceſſité.

Lecture faite du précédent Rapport, l'affaire miſe

en délibération par M. le Préſident, les ſuffrages, à chaque article ſéparement, ayant été pris par aſſis & de bout, il a été arrêté que les Commiſſaires, & notamment M. l'*Abbé de Montmignon*, ſeroient remerciés de leur travail, & que ledit travail ſeroit adopté en ſon entier, imprimé, envoyé à M. le Maire, & adreſſé à tous les Diſtricts.

Il a été arrêté en outre que les Députés qui seront élus ſeront tenus de prêter ſerment qu'ils défendront les délibérations du Diſtrict dont ils ſeront les Repréſentans; qu'ils ne prétendront point préſider ledit Diſtrict, en qualité de Député, comme le porte le Plan proviſoire de Municipalité; qu'ils conſentent à ne pas être éligibles aux places d'Officiers dans l'intérieur des Diſtricts, tant qu'ils ſeront Députés; comme auſſi à n'y pas avoir voix délibérative pendant la durée de leur Députation.

Il a été encore ſtatué que les Officiers du Diſtrict pourront être élus pour Repréſentans à la Commune; mais qu'auſſi-tôt leur élection faite ils opteront entre la place d'Officiers du Diſtrict & la Députation, ces deux fonctions étant regardées comme incompatibles: que leſdits Repréſentans à la Commune ne pourront être pris parmi les Chef de Diviſion, Commandant de Bataillon & généralement les Officiers qui ont droit au Conſeil de guerre, pour que le pouvoir Militaire ne ſe trouve pas réuni au pouvoir Municipal.

Il a été décidé de plus, que nos Députés élus seront tenus de demander qu'il ne reste au milieu des nouveaux Représentans nommés, & dans les divers Départemens de la Ville aucun des Electeurs anciens qui y sont restés sans mission & sans droit: qu'ils presseront une nouvelle Division des Districts, qui soit plus conforme à la population & qui évite les difficultés sans nombre que la présente Division fait naître. Qu'enfin ils solliciteront auprès de l'Assemblée des Représentans la suppression du District illusoire de l'Université; District composé de différens Membres, qui déja sont partie d'autres Dristricts, où ils opinent, ont des places & exercent des fonctions.

Signé,

F. MULOT, *Ch. de St.-Victor*, *Président*,
Le Comte DE LA CÉPÈDE, *Vice-Président*,
THIRRIA DE VALSENNE, *Secrétaire*.

Pour Copie conforme à l'Original,

THIRRIA DE VALSENNE.

De l'Imprimerie de CAILLEAU, l'un des Imprimeurs-Electeurs de la Ville de Paris, rue Gallande, N°. 64.

www.ingramcontent.com/pod-product-compliance
Ingram Content Group UK Ltd.
Pitfield, Milton Keynes, MK11 3LW, UK
UKHW012311240726
13966UKWH00005B/1797

9 782013 084642